Todo lo que dejas
cuando llegas
y te vas

Alberto Villarreal

Todo lo que dejas cuando llegas y te vas

Planeta

© 2020, Alberto Villarreal

Diseño de portada: Planeta Arte & Diseño / Anilú Zavala
Ilustraciones de portada: iStock / Maria José González Camarena
(@italusa.jpg)
Fotografía del autor: Luis de la Luz
Ilustraciones de interiores: Lucero Elizabeth Vázquez Téllez

Derechos reservados

© 2022, Editorial Planeta Mexicana, S.A. de C.V.
Bajo el sello editorial PLANETA M.R.
Avenida Presidente Masarik núm. 111,
Piso 2, Polanco V Sección, Miguel Hidalgo
C.P. 11560, Ciudad de México
www.planetadelibros.com.mx

Primera edición en formato epub: noviembre de 2020
ISBN: 978-607-07-7302-0

Segunda edición impresa en México octubre de 2022
ISBN: 978-607-07-9193-2

Impreso en los talleres de Litográfica Ingramex, S.A. de C.V.
Centeno núm. 162-1, colonia Granjas Esmeralda, Ciudad de México
Impreso y hecho en México - *Printed and made in Mexico*

A todos los romances
que han dejado algo suyo en mí.

Ya párenle, por favor.

Querido amigo,
 yo solía recordar un poema
que hablaba sobre el adiós
      –es un hermoso poema–
pero justo en este momento
      lo he olvidado.

Si yo supiera improvisar
      cuánto lo siento:

                  adiós
                  y te amo tanto.

Todas mis cosas en tus bolsillos,
Fernando Molano Vargas

Hoy llovió y se mojó el piso. El maestro Julián me dice que mejor escriba así: «Hoy llovió. El agua escurrió por entre las baldosas». Suena bonito, pero ninguno de mis compas me iba a entender. Ni yo mismo sabía qué eran baldosas hasta que Julián me lo explicó. Baldosas son losetas. El maestro nos dice que escribamos como hablamos. ¿Entonces por qué dice que baldosas suena mejor?».

Salvar el fuego,
Guillermo Arriaga

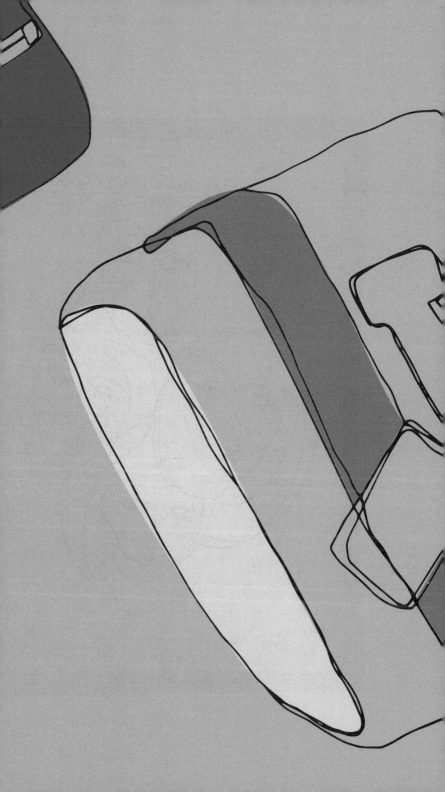

Las ciudades son personas

Así sabrás que cuando
hablo de Madrid
hablo de mi primer amor.
Cuando escribo «Guadalajara»,
hablo de un amor incompleto.
En Ciudad de México
he dormido tantas noches
y cuando hablo de ella
te hablo del caos.
También hay un pueblo,
se llama Santiago,
ahí viven personas
con miedo al sol.

Querida

Madrid:

¿Qué si aún te quiero? Había alguien detrás de ti y aún así fuiste la primera. ¿Cómo le haces? Que siempre estás a través de los años. Tú ya no tienes fronteras. Regresas sola o acompañada, pero siempre regresas. Hemos hecho las paces y, aunque puede que aún haya fuego, dista mucho de aquella fogata que hicimos con la madera que quedó después de la cena. Hay fuegos de colores rojos, naranjas y azules. Hay fuegos de estufa, de cerillos y de rayos que provocan incendios. Hace años dejé de pensar en el nuestro y todavía estás en mis textos, no por amor sino por historia.

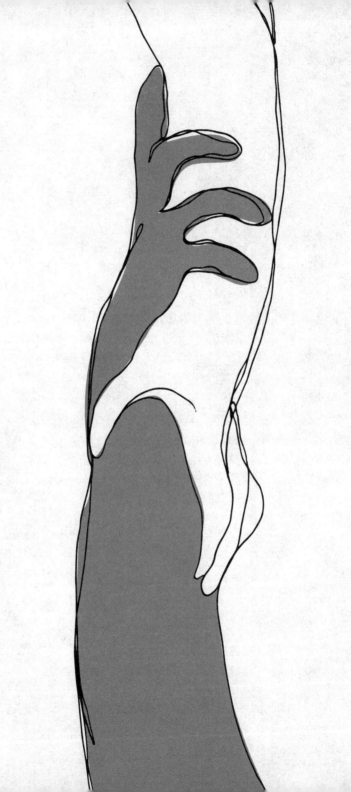

Acantilado

Hay algo romántico en las historias
destinadas a terminar.
Saber que la persona se irá
y aun así
sujetarte más a ella.

Oro

Qué desaliento
me has dejado.
Tú que eras primer amor
te llevaste contigo
la ilusión.

Ojalá te fueras
y dejaras libre
el puesto.
Ya nadie lo podrá ocupar.

Miedo al quiebre

Eres libre para desamarme
cuando quieras.
Eres libre para amar
a cualquiera
después de mí
o antes o en medio,
mas no pretendas
mentir por bondad,
sé aguantar
los no te quiero.

Fragmento

Lo poco que sé de las despedidas
no lo aprendí de ti.
Tus adioses han sido siempre incompletos,
nunca te vas del todo.

Me faltan despedidas
para aprender a decir adiós.

Conexión

¿En qué estarás pensando
cuando te estoy queriendo
a la lejanía y en silencio?

Ciclo

Escribir siempre me lleva a pensar en ti.
Eres tú quien llena los espacios en blanco.
La idea de ti y tú.
Lo que fuimos
y seguiremos siendo.
Esta historia no tiene fin.

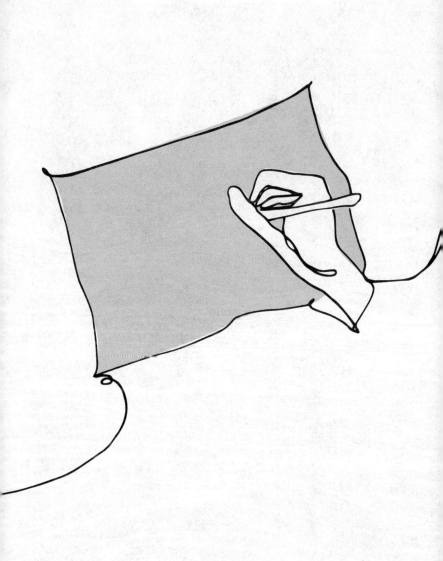

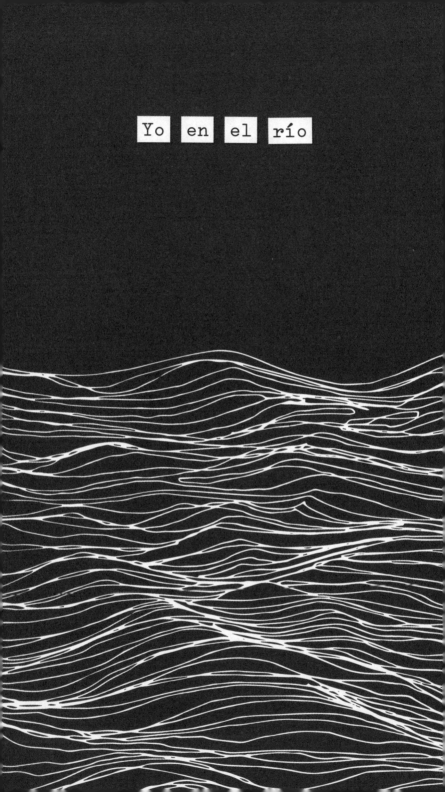

y tú en el mar.

Lo que dejas

Escribo poco
porque poco
es *lo que dejas*
cuando llegas
y te vas.

Reúno los fragmentos
que abandonaste,
no sé si para ser hallados.
No soy capaz
de ignorar lo que encontré.

Me alejo l e n t o

porque lento
es como sé irme

cuando llego
y no me quiero ir.

Sal

El sonido del agua
contra el pecho
suele traerme los
más tristes recuerdos.

Memorias que no fueron
creadas en el mar
pero se escuchan como olas
contra mi pecho.

Botas de lluvia

¿Qué es cruzar el océano para quien
no ha caminado lo suficiente?
¿Qué es cruzar el océano
para un enamorado?
Cruzar
      océanos
          por
             un
                beso.

Plaza de Pedro Zerolo

Eres la rutina momentánea,
la de los viajes,
la que está bien.

Eres despertar
todas las mañanas
en Madrid.

Eres el desayuno:
tapas con café
en el chiringuito
frente al hostal.

Eres la misma canción
de Taburete
que se ha repetido
estos treinta días.

Eres lo imponente del estadio
y lo pequeño que me siento
frente a él
        después
              de
                    nuestra despedida.

Lunares de tinta

Tengo las manos rojas de tinta
después de volver a escribirte.
Ojalá te gustara el verde
o el azul rey,
que yo prefiero
mancharme con otros tonos,
colores que no hay
bajo mi piel.

Paseo de la Castellana

No hay cosa peor
que la ausencia de amor
cuando falta tu tierra.

Caminar por calles
amplias y extrañas
    dejando atrás
    algo que creías tuyo.

Cada paso al hogar
         es uno que me aleja
         de la ilusión.

Fantasías creadas por mí
con tu ayuda.

¿Qué serían mis sueños
sin los tuyos?

¿Será que algún día

escribiré algo

que no sea

sobre nosotros?

Hacer novela y poema

Aunque hay quienes mueren por amor, son más los que viven por él. Hay otros pocos que viven del amor, que absorben a su amante: lo convierten en piel. Usan al amor para escribir o pintar o cantar. Lo justifican al convencerse de que solo son sanguijuelas por amor al arte, ¡y vaya que los egoístas aman el arte!

Desamarte

Desamarte no es olvidar,
es recordar.
Abandonar recuerdos es glorificar
los huecos,
los espacios vacíos
que llevan batallas,
es convertir la fatiga
en nostalgia, en engaños.

*Si esto no es amor,
es nostalgia.*

Terminar

Los amores se van más lento
cuando los acompaña una canción.

Querida

Guadala

jara:

Justificar miedos es no creer en ellos. Eres los amores imposibles por distancia, imposibles por temores que tratamos de justificar aun cuando son nuestros. Tienes tantas caras, todas tan distintas entre sí. Amores que no aman pero desean. Anhelas algo completo y aquí solo hay fragmentos propios y otros pedazos que la gente va dejando a su paso, pedacitos que olvidaron o nunca quisieron y cuando se fueron los abandonaron como no queriendo. No puedo enaltecerte, tú también careces de algo que estoy buscando. No sé qué es eso que busco, pero deseo reconocerlo cuando nos crucemos por la vida. Somos un todo menos uno. Te quiero, te admiro y te aprecio, quizás también te he amado por momentos. Un instante pudo ser algo más que eso, pero nuestras presas retuvieron las ganas. Si nos volvemos a encontrar, ojalá haya tormenta.

Caminar sobre plantas secas

Te voy a regalar un poema,
lo escribí hace mucho tiempo
aunque en aquellos días
no sabía que existías.

Lo escribí sin pensar en ti
porque tú no estabas,
era para alguien de ojos grandes,
no recuerdo su nombre
pero sonaba como hojas caídas.

Soy un puente

Me has vuelto esclavo del móvil,
estar al tanto de él,
pendiente de ti.
Este frío aparato
es el puente entre nuestras ciudades.

Y es que yo
siempre busco
amores distantes.

Me gusta ser isla
rodeada de puentes.
Puentes de madera,
puentes de acero,
puentes que se queman.

En mi tierra no parece
haber espacio
para turistas permanentes.

Apocalipsis

Estoy en medio de una pandemia
–una nueva–,
parece que el mundo se acaba.
Yo creía que el final sería
similar a tu partida.

*Cuántos finales del mundo
tendré que vivir.*

Llamar

Nunca he escuchado tu voz
sin las distorsiones tecnológicas.
No hay aliento en esas voces,
no hay calor, ni humedad.
No me empaña los lentes
que uso para leer poemas,
novelas o relatos.
Tampoco empaña con suspiros
los vidrios del coche
cuando fuera hace frío,
y ahora aquí me siento helado
y allá contigo –creo– hace calor.

Agua que arrastra raíces

Los besos que me diste
nunca fueron míos.
Soy culpable de pretender
poseer lo efímero.

Ya no declares que eres mío,
aquí no hay posesión
ni pertenencia.

Nuestros abrazos fueron extensos,
aún palpitan entre la holgura y el recuerdo.

Mallorca

Ojalá pudiera fugarme del verano en mi ciudad.
Aquí no hay playa que me refresque,
no hay agua que me libere.
Quisiera pasarlo en esa playa española
donde te vi tirado con libro en mano bajo
      la sombra.
Tu piel bronceada por vivir en la costa
me arroja al mar sin olas.
Hay torbellino en esta playa sin oleaje.

Correspondencia

En un sobre me llegaron flores secas,
¿será que algún día fueron palabras?
Palabras rociadas con tu perfume,
ese que huele a jazmín.

Omega

Hay preguntas que marcan
el inicio de una historia.
Hay otras que condenan
los comienzos.

La duda es certeza
cuando hablamos de amores.

Reír

No puedo ser
ni sobrio
ni serio
cuando escribo
de ti.

Tú eres farra
y desahogo.
Eres el cosquilleo
después del mezcal.

Bombéame

No guardes mi corazón
en tu mano,
fúndelo hasta ser
pura sangre,
gota a gota
déjame pasear
por tu cuerpo.

Lluvia

Si fueras un olor,
serías tierra mojada
porque a todos les gustas,
¡hijo de la chingada!

Rayo

¡Qué poder!
El tuyo y el nuestro
de hacer incendios
sin fuego.

Esclavo del olvido

El olvido es trabajo constante.
Se olvida todo el tiempo,
en el cine mientras ves una película
que habla sobre ustedes.
Cuando cenas en la terraza del restaurante.
Al conducir por el túnel
que te lleva a su hogar.
El olvido es trabajo diario,
esclavitud moderna autoimpuesta.

Inestable

Te voy a construir
un hogar
   con piezas
   de Jenga.
Una cama
   de madera
   dura.
Un techo
   hinchado
   por la lluvia.
Un jardín
   sin pasto.
Una casa
   sin puertas
      para que huyas
      cuando quieras.

Soy

Soy tantas cosas.
Esta noche y cuantas más
noches quiera.
Seré un rosal que florece
cada vez que se enamora
de hombres,
de mujeres,
de la música que
tocan.
De montañas
y de cielos
que son distintos
aunque no lo creas.

Soy tantas cosas.
Esta noche quisiera
ser algo tuyo.
Pero no puedo.

Buenos Aires

Hay un hotel en Buenos Aires
que me visita en otras ciudades.
Se siente familiar,
casi como un hogar.
Si tan solo uno pudiera
hacer su vida
en un hotel.

Cementerio

Que me olviden todos los amores.
Quiero ser libre de vínculos.
Que me olviden ellos.
Escapar es un trabajo de tiempo completo.

Que no me busquen los que ya se fueron.
Saben decir adiós y hasta nunca.
Se despiden.
        No
          saben
             irse.

Este cementerio está lleno
de muertos vivientes.
Sacan sus manos de las tumbas
cuando la lluvia afloja la tierra.

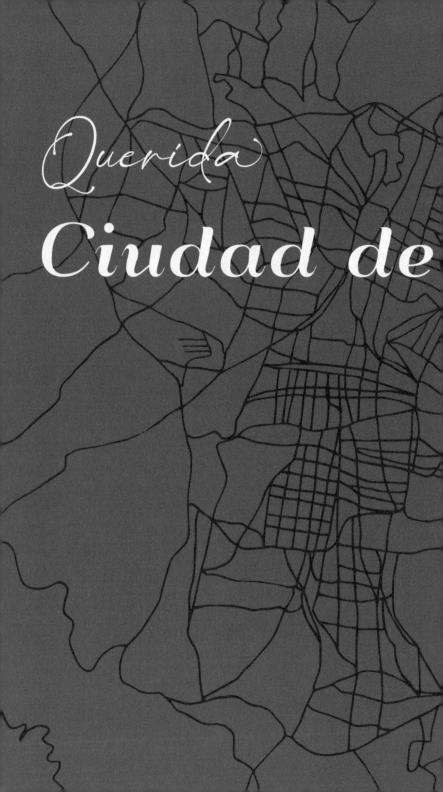

Querida

Ciudad de

México:

Eres el caos después del temblor. Tienes réplicas constantes que me agitan sin importar que ya no te visito como antes. Eres el centro, tus carreteras se extienden por casi todos los lugares que conozco. Me da pena decirlo... Amo tu tierra, pero la has vuelto radiactiva. Solo me basta llegar al aeropuerto para que surja mi delirio de persecución. Estás en todos lados. Tanta ciudad para tantos recuerdos. Te encargaste de acompañarme a todos mis lugares favoritos para así hacerte de ellos.

Me hace falta el aire. Ojalá pudiera escapar de ti.

Confiar

Ay, mi vida.
Cuántas veces no hemos ya hablado de amor,
siempre creyendo que decimos la verdad
y la verdad va más allá de nosotros.

Ay, mi amor.
No nos agotan
las mentiras.
Nos hemos vuelto expertos
en este juego nuestro.

Fuimos nosotros quienes pusimos las reglas
y ahora vivir esta vida
es vivir una mentira.

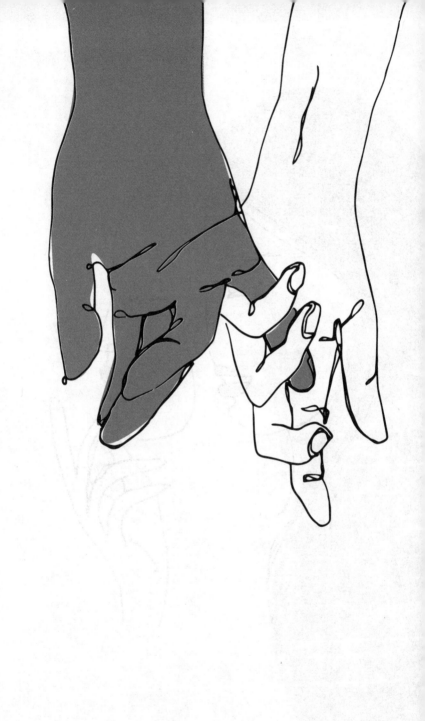

La primera noche

Nuestro primer contacto fue suave, como
si ninguno de los dos lo hubiera querido.
Pudimos haber disimulado que nada había
pasado y volver a dormir... pero le siguió otro
beso, uno más fuerte y otro beso y otro más.
Y después la lengua y las manos por todo el
cuerpo. El de él, el mío.

Años

Quizá hoy no me recuerdes,
pero se llegará el ocho de agosto.

Fractura

El terremoto movió nuestros cuerpos,
destruyó a un pueblo, pero unió nuestras
fracturas:
las tuyas, las mías.
Ya no había espacio para colarme en ti.
Tú desde hace tiempo
no puedes
atravesarme.

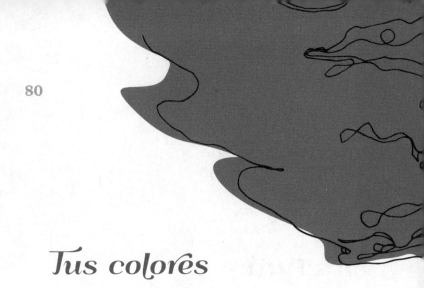

Tus colores

¿Cuántas veces más ha amanecido?
Ese temor a olvidar tus colores es irracional.
Muchas veces ha salido el sol
y el naranja del cielo sigue sin borrarte.

Olerme a mí mismo

Cambié de loción cuando todo lo que fuimos
parecía haberse esfumado.
Después de cuatro años, la dejé de usar.
Tuvieron que pasar algunas semanas para que
    me diera cuenta,
cada vez que la usaba, y solo por unos
    segundos,
podía olerme.
Recordé que ese era tu aroma favorito,
el de la loción sobre mi piel al final del día.

Turista

Cuando paseo por tu ciudad, lo hago con
  los ojos cerrados,
su tamaño es otra mentira.
No es tan grande, no es tan extensa:
  es una burbuja.
En Coyoacán estás tú.
En Polanco, en Pedregal, en Santa Fe.
En la Roma estás tú.
En el aeropuerto también estás y eso ya
  me arruina el viaje.
Ahora no puedo ni pararme en mis
  tacos favoritos.
Qué crueldad son los recuerdos.

Turista II

Y lloro al pasear por tu ciudad.
Aún te lloro.

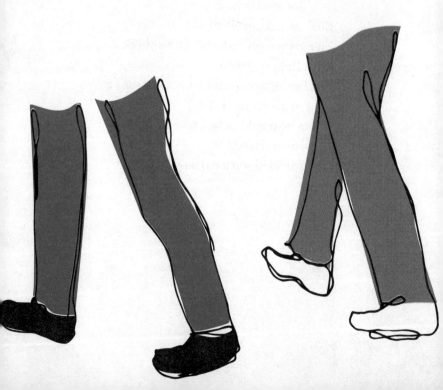

Turista III

Estamos en la misma ciudad. Tan cerca como podemos estar sin que se me vaya la vida.

Falsas promesas

Pedí que no mintieras, cuando decías:
«No amaré a nadie más».

Hoy me llamas para hablar de amor
y no es del nuestro.

No hubo despedida,
tembló la tierra.

¿El fuego puede

evaporar lágrimas

sin
quemar

la piel?

Amenaza romántica

Nadie va a quererte como yo,
a modo de amenaza romántica.
¿Amar como tú amas es mejor?

Recibo la advertencia
con miedo a perder lo que he encontrado.
Y me quedo un poco más.
Ya no te quiero,
pero camino despacio.

¿Cómo duele tu dolor? II

No puedo vivir con tu dolor,
lo intenté mucho tiempo.
Tu sufrimiento es tuyo.
No puedo permitir
la continua penitencia.
Me duele tu dolor,
cargo con él.
Cargo con el mío.
¡Ay!
       Cuánto
           estoy
               cargando.

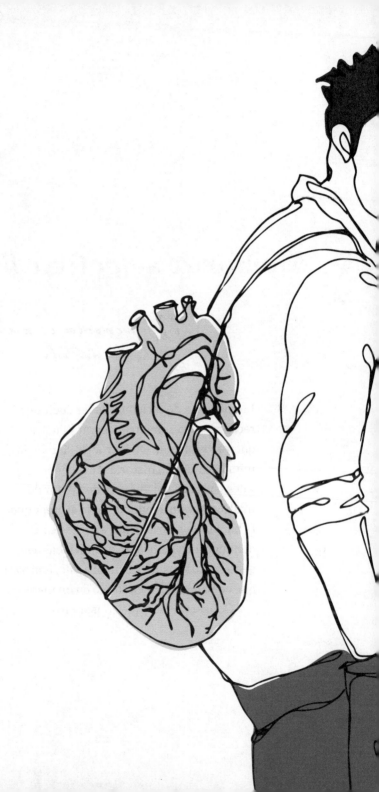

Memoria selectiva II

Mi memoria es mala, olvido todo –casi todo.

Lo sostengo: deberíamos poder decir qué recuerdos queremos conservar y cuáles queremos olvidar. Olvidaría –lo siento– la mitad de nuestra historia. La creencia ingenua y desesperada del amor. El despertar de madrugada sintiéndome vacío al creer que te habías llevado algo que siempre estuvo conmigo. Los mensajes que enviabas a mi gente, para acostarte con mi gente. Las frases que continúan haciendo eco en mi memoria.

Conservaría... ¿qué conservaría?

Una canción

Un día dejas de doler, pero al siguiente me
encuentro con una foto... La borro. Te vuelvo
a olvidar y al abrir un cajón está tu carta, la
guardo. Avanzo y al entrar a mi coche aparece
la última vez que tu celular reprodujo música.
Y no era la de nuestros besos, y jamás será.

Ojos tristes

Que te gustan mis ojos
porque parecen tristes.
Y yo que siempre he sido columna
me siento con permiso
para tambalear.
Esperando que alguien notara
el brillo de mi humanidad.
Pero tú no ves brillo,
ves herida abierta
por donde es sencillo
                    meter
                          raíces.

Reloj de arena

Déjame escribirle.
¡No!, no me detengas.
Si no le escribo hoy, no lo haré mañana.
Llevamos siete meses sin vernos,
mañana quizá se cumpla un año
y doce meses son mucho tiempo.
Le escribiré hoy,
mañana será demasiado tarde.

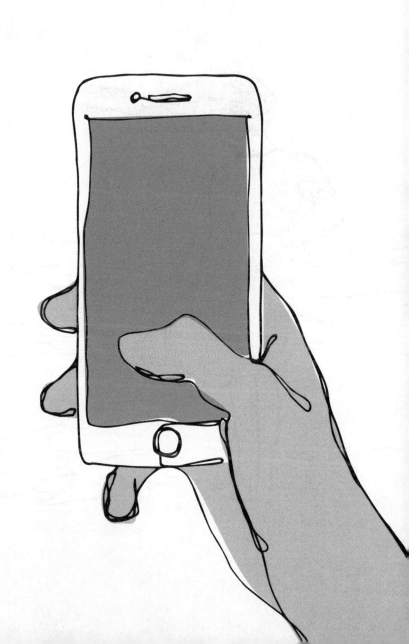

Festival

Saber que el viento
que me rozó el cuerpo
es viento calentado por ti.

16 de septiembre

México se independiza
y tú también
lo haces de mí.

Ya no nos volveremos a sentir.

Idiomas

Tú y yo no nos entendemos. Nos queremos entender, pero no nos entendemos.

Lista de primeros auxilios

- ◯ Cambiar a un celular que nunca ha recibido tus llamadas.
- ◯ Dejar de usar tu loción favorita.
- ◯ Usar ropa con la que jamás me has visto, ropa que nunca me has arrancado.
- ◯ Bloquearte de todos lados.
- ◯ Llorarte por todos lados.
- ◯ Abandonar lugares nuestros.
- ◯ Hospedarme lejos de ti.
- ◯ No llegar a esa terminal del aeropuerto.
- ◯ Perder amigos.
- ◯ Encontrar nuevos amores.

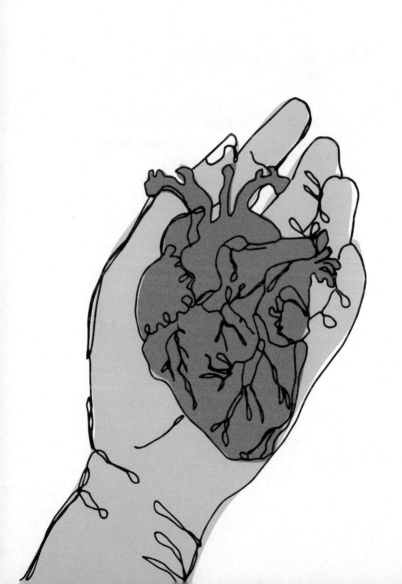

Permanencia

Después de ti, nadie ha permanecido
el tiempo suficiente para poder reconocer
su olor pasado el tiempo.

Querido

San Anto

nio:

¿Recuerdas el viaje aquel en el que nos encontramos en un punto medio? Fue entre tu país y el mío. Solo para que tú volvieras a recorrer el camino ya trazado, pero ahora juntos. Llegamos a casa de tus padres por unos minutos y conocí tu casa, la que tiene cuadros hechos por tu madre colgados en las paredes. Hablé con ella mientras tú ibas por la maleta. La carretera nos esperaba de nuevo. La primera vez que vi a tu mamá lo hice con ropa deportiva y un trayecto de seis horas a mis espaldas. Yo que estaba tan acostumbrado a la mirada que juzga me sentí apenado por presentarme así y estar rodeado de tantos cuadros coloridos.

Aún no puedo olvidar el mensaje que recibiste cuando ya estábamos de camino a Austin.

«Súper lindo, me cayó muy bien. Sentí que ya lo conocía».

Le tomé foto a su mensaje, ¿recuerdas? No podía creer que tu familia pudiera llegar a quererme.

Ojalá lo nuestro hubiera funcionado. Ojalá fuéramos más que un amor pasajero.

Geografía

Hay geografía en las palabras y así entiendes que amor es una montaña, que tú eres ciudad, aunque a veces más bien pareces país con visado para restringir mis visitas. Nuestros besos son ríos por las mañanas y mares por las noches, el océano es el orgasmo. Volcanes son nuestras discusiones, aeropuertos nuestras despedidas. Eres bosque mientras duermes y selva amanecida.

Tintero

¿Cómo te escribo si me dejaste vacío?
Te llevaste lo mío, pero sin mí.

Me dejaste seco
y sin hojas.

No hay sangre en mis venas
que haga lo que la tinta.

Me has dejado sin armas,
no puedo defenderme.

Controlas mi narrativa,
me estoy
      quedando
           sin
              tinta.

Las personas arrepentidas

hacen más que

las enamoradas.

Amores promedio

Tengo un don
      —creo que eso es—:
caminar por la vida
      y saber qué amores
      son promedio.

No voy a gastar mi alimento
en romances sencillos.

Me voy de ahí diciendo
que no había futuro.

Estoy mintiendo.

Sanguijuela

¡Qué tristeza!
Ver tu foto y
no sentir nada.

Extraño lo enfermo.
La necesidad mía de ti
me mantenía con vida.

Hay que buscar amores nuevos
que alimenten este ego
antes de que comience a morir.

Instrucciones para amar

Me gustaría dibujar un mapa
con pequeñas cruces rojas
que indiquen el sitio
donde se me caen las murallas.
¿Esto es una conquista?
¿Es amor?

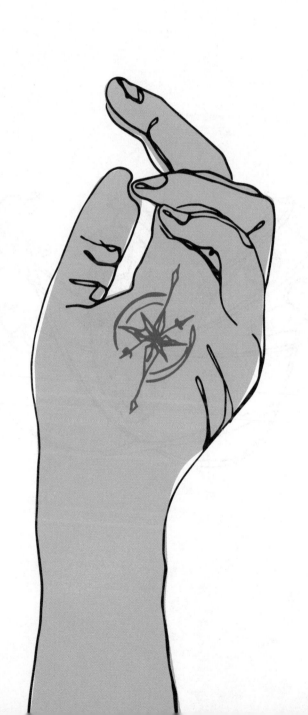

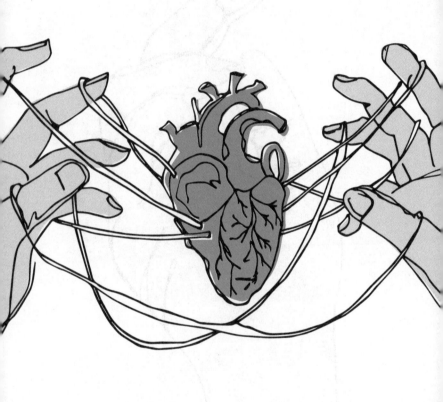

Jalar las cuerdas

¿Qué se siente llenar páginas
que antes estaban vacías?

Ser titiritero mío,
mover mis manos
con tu recuerdo.

Presumir con los tuyos
que alguien escribió
por los dos.

No soy poeta.
No eres musa.

Cuadrar

Hay algo en ti que yo no tengo.
Y quizá si lo tuviera
no estaríamos
tomados de las manos.

Yo tengo algo que tú no tienes.
Ese algo hace que me mires
con esos labios que
nunca se cierran.

Hay algo que nos falta
y ese algo nos tiene condenados.

Ego

Dicen que no sé lo que quiero,
parece difícil creer que no los deseo.
Y se inventan verdades a medias,
nunca tengo claro lo que quiero,
pero hoy sé que no son ellos.

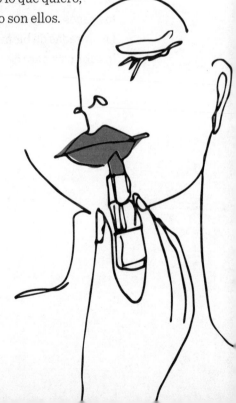

Rutina

Hay una verdad:
nada cambia.

Mi cuerpo se ha memorizado
los pasos a seguir:
las miradas de bienvenida,
los abrazos para decir adiós.

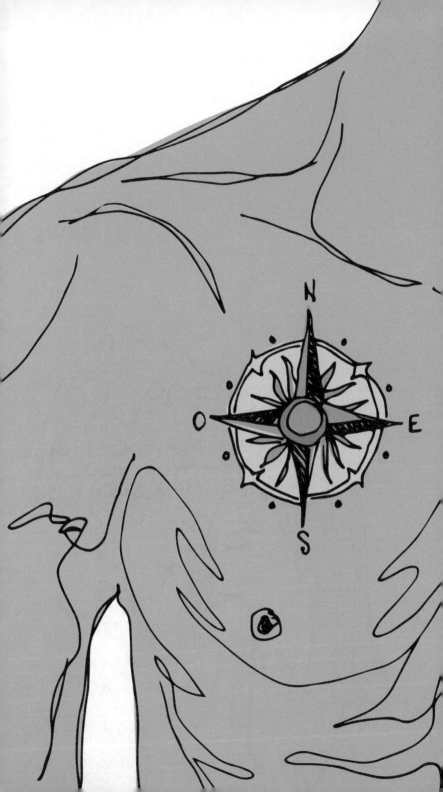

Viajar por el mundo en cuerpos

Quise aprender francés
para enamorarme
–otra vez–
de alguien lejano.

Fuente

Te vas y contigo se va
un poco de amor mío
y otro poco que era tuyo,
¿será ya amor perdido?
Quizá hablando con alguien
–no sé con quién–
ese amor pueda ser rescatado.

¿Cuántas vidas tendrá el amor
antes de agotarse?

Fuente sin agua

Tantos amores
han pasado
que ya tanto amor
no doy.

Amores de verano

Ojalá pudiéramos
amarnos de vez en cuando,
por temporadas,
como quien vive en la ciudad
pero añora el mar.
Nuestra piel sensible
no aguanta
la abrasión de la arena,
el sol constante.
Dejemos descansar la carne,
esperando que el corazón
perdure.

La corriente

La vida se me ha ido
buscando amor en silencio.
Los amores callados
son el desahogo y el desconcierto.
Uno se llena
de cosas que no son propias,
tanta sustancia extraña
lleva al derrame.

Busco un huracán
que me desborde el río,
que me remueva la tierra y
se lleve lo que no es mío.

Hay gestos tan familiares que es imposible olvidarse de ellos.

Amores imposibles

Quiero vivir más amores imposibles,
hay algo en ellos que no encuentro
en los amores correspondidos.
Hay libertad, hay juego.
Cacería de dos sentidos.
Estos amores saltan jerarquías,
el poder que tengo ahora
lo tendrás tú algún día.
Brincará entre nosotros eternamente.
Los amores imposibles sobreviven.

*The warmth, yes,
but not the light.*

In the Absence of Men,
PHILIPPE BESSON

Querido amor de una noche:

¿Sabes que no te quiero? Lo que me atrae de ti es un hueco dentro mío. Tú tampoco me quieres y reside paz en este acuerdo nunca hablado. No querernos es tan reconfortante. Llegas y me ves por encima porque rascar la superficie toma tiempo y las noches son breves, no ves más de lo que estoy dispuesto a mostrar. Dejas marcas temporales por el cuerpo que esta noche no es de nadie porque me tiene avergonzado. La vergüenza es la marca perdurable de estos encuentros. Te vas siempre con un rostro diferente, tan distinto que si te veo caminar por mis calles no podría reconocerte. Lo siento, ojalá no vuelva a verte.

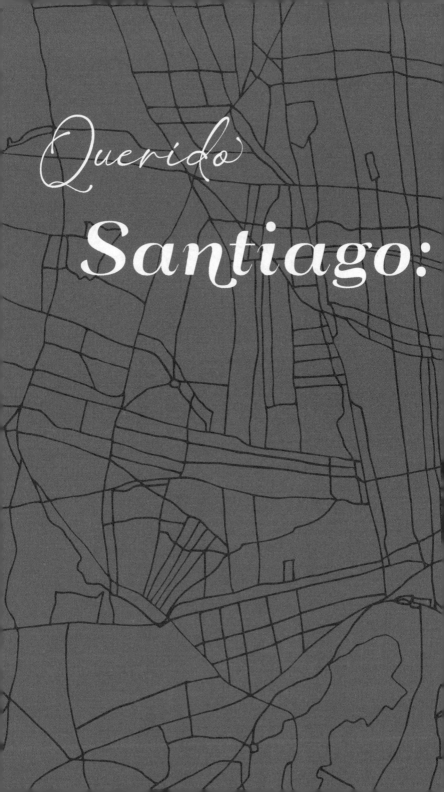

Querido

Santiago:

Tú eres el de los amores ocultos, los que prefieren la sombra. Eres ese amor que me confunde, que me arrastra y me da vueltas. Eres el juego de palabras que me mantiene entre la huida y la permanencia. Si tan solo me pidieras que me quedara... o que me fuera. Si tan solo pidieras algo, lo que sea. Hablas y hablas y no me dices nada. Quizá si te quedaras en silencio tendría el tiempo suficiente para salir de aquí, para soltarme de tus raíces y ser feliz en un sitio ajeno. Este pueblo me queda chico, pero es tan tranquilo, quizá me quede a dormir.

Cobre

Podías haber estado en cualquier sitio,
decidiste que yo era lugar.
Cuando la música sonaba fuerte
     nos refugiamos,
dejamos atrás a las personas que fingían
cantar canciones que no conocían.
Pudimos con el abrazo,
con las confesiones,
pero el alcohol no logró lo íntimo:
tomarnos de las manos.
Y yo que creí haberte encontrado.

Corteza

Te haces el fuerte.
Tu dureza reside
en escabullirte de los besos
que son suaves.
No puedes ganar una batalla
peleando contra la delicadeza
que te ablanda.

Poemas

Todas las palabras de amor
ya son,
     por sí solas
         un p o e m a.

Deterioro

Estoy tan lejos y aun así te pienso,
aunque, más que desearte,
veo tu nariz respingadita
y mi amigo dice que traes dinero,
y a mí que tanto me gusta gastarlo.
También gastaría nuestro amor,
cuidarlo parece ridículo.
Amar lleva implícita la rutina,
no la que lastima,
sino la que viene,
irremediablemente,
con la práctica.

Brújula desorbitada

Siempre parece que estás por llegar
al lugar que nos podría ver juntos
y cada vez retrocedes.

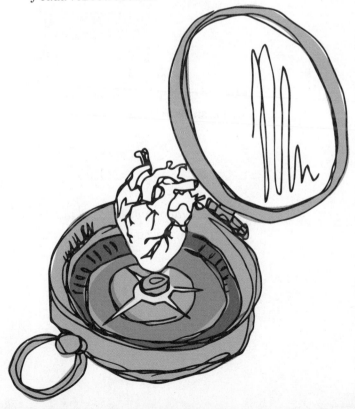

Dejando marcas

Que bailando nos quemen los cigarros
de la gente que se mueve
de
aquí
para
allá.

Que nos queden las marcas el resto del año.
Ya no estaremos aquí
en
otro
lado.

Que nos veamos los brazos al ducharnos
recordando la vez que nos quemamos.

En blanco

Escribir solo por un lado del papel,
en caso de querer regresar.

Imposición

El miedo es tuyo, el mío lo abandoné
	hace tanto.
El miedo tuyo es un regalo no solicitado,
qué estupendo sería poder regresarlo,
pero,
¿a quién?

Aquí no pasa el tiempo

Soy arena en tus manos.
Húmeda por las olas
que mojan tus pies.

Soy arena en tus manos.
Alejada del sol y del viento,
no quieres que me seque.

Soy arena en tus manos.
Seca después de tanto,
cayendo a tus pies mojados.

¿Será este

un buen lugar

para

besarnos?

Te quiero

Quisiera olvidar mi voz
y escucharme decir «te quiero».
Frase que ha evolucionado
a través de mi tiempo.
Se vuelve más pausada,
más temblorosa,
como resonando
entre mis huecos.
Quisiera olvidar mi voz
cada que digo «te quiero».

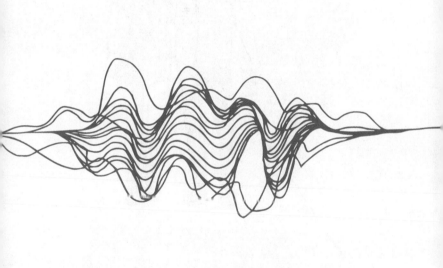

Vista desde una acera

Si tú supieras
lo que yo siento
cuando ellos nos ven
caminando por las calles.

Salida de emergencia

Hay algo incompleto
en este romance.
Falta un beso
que dices querer dar,
pero le temes
al derrape
sin frenos.

Y yo dejo
que el miedo
                e s c a p e .

No voy a besar
a quien lleva tiempo
                  buscando una s a l i d a .

Despedidas
en silencio

Siempre puedo irme
sin mucho esfuerzo.
Sé decir adiós
sin mirar atrás.

Pero guarda tus palabras,
que no sé despedirme
cuando me hablas.

Viento

No nos pueden ver:
están ciegos.
Es la mentira
más dulce
que ha salido
de mí.

¿Se lleva el miedo?

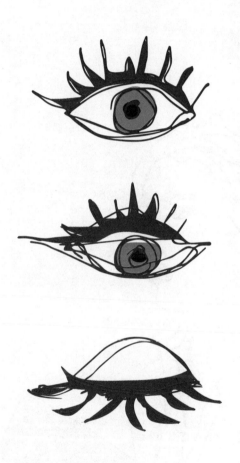

Contra el papel

Ay, las cartas que te escribiría
si solo tuviera letra bonita.

Un músico
que no canta

Te voy a escribir una canción,
mis poemas son baratos,
–no funcionan–.
Ojalá alguien me preste su voz
y esta pueda confundirse con la mía,
que mi voz no logra armonizar despedidas.

Puntualidad

Ya no sé si he llegado
antes de tiempo.
Soy honesto,
no sé ni siquiera
qué es el tiempo.

Llegué temprano,
a tu edad aún temblaba
de terror
al pensarme transparente.

Quizá si esperara...
si solo tú me pidieras
que espere,
si solo tú llegaras a tiempo.

«Había llegado a la certidumbre de que el amor era algo de lo que uno puede prescindir para vivir. Mejor dicho: había descubierto que prescindir del amor era justamente lo que le permitía vivir».

Amantes y enemigos,
ROSA MONTERO

Querido

Amor pro

pio:

Nuestro viaje es el más largo, no hay fronteras en este amor. Eres el primero y el último aunque no siempre estemos juntos. Te conozco y desconozco en partes iguales. Aprendo quién eres todos los días. Y me gustas y te quiero y te extraño cuando no estás junto a mí.

Ojalá pudiera tenerte siempre conmigo.

Amor

Mi primer amor no fue sino la certeza
de quién soy.

Incendios

Llorar es la medicina.
Lloro porque necesito vivir.

Ya no lloro de tristeza,
lloro de recuerdos.

Una lluvia de heridas
apaga mis fuegos.

Merecer

Todavía lloro cuando me dicen que me quieren.
Me conozco, sé dónde se encuentran mis
    flaquezas.
Recibir cariño a pesar de ser lo que soy.

Maleta

Tengo tal cansancio en mí...
Arrastrar los pies por el mundo
me dejó sin fuerza.
Quiero encontrar un hueco,
tomar una siesta.

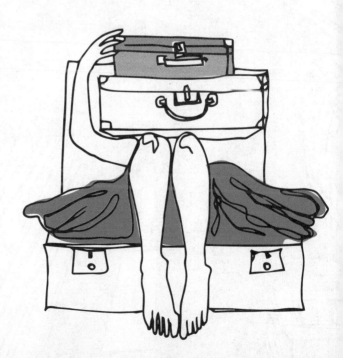

Respirar

A veces creo que sané:
cuando sonrío sin pensar.
Cuando corro por las montañas
que están cerca de mi hogar.
Cuando veo los rascacielos
y no se ven frágiles.

Creo que sané,
aunque lleguen recuerdos
y me asfixien
los días soleados.

Escalar

Muchas veces he llorado de alegría.
La felicidad de no estar viviendo
lo que ya he vivido.

Radiación

Tu piel es igual a la mía,
pero aguanta más el sol,
caminar bajo él.

El sol quema menos cuando
voy solo.
Y si estoy contigo
me arde la piel
al poco tiempo.

Tenemos que escondernos
en donde no haya
ni sol mío
ni resolana de Reyes.

Yo que creía ser valiente,
sigo teniendo la piel delgada.

El sol no guardará
ningún secreto.
Él no se hace pequeño.

Cempasúchil

Estoy muerto, no amo.
A veces me siento vivo,
pero lo sé,
estoy muerto.

Soy el cliché de las despedidas

- Las canciones románticas.
- El vino con amigos.
- El helado en soledad.
- Los viajes para escapar.
- El clavo que saca otro clavo.
- Las cartas que no serán leídas.
- Las noches sin respirar esperando una señal de vida.

Alas

Los aeropuertos me han visto
viajar por amor tantas veces
que mi memoria
–aun cuando no he amado en algún tiempo–
me hace temblar las noches
antes de un vuelo.

Nuevo León

Todas las mañanas en Monterrey
hay un sol que entra por mi ventana.
Las nubes no saben el amor que les tengo.

¿Será que

la nostalgia

también se

marchitará?

Amanecer

Trato de dormir temprano
para no caer
en tentaciones innecesarias
y de alguna forma
me siento peor
al caer en ellas por las mañanas.

Equipaje

Aunque cargo huecos
no me siento más ligero.
¡Qué extraño!
Cuando menos soy,
más peso.

Las montañas que no me dan sombra

Amo viajar por lugares extraños y regresar a ellos de vez en cuando. Me gusta tomar aviones aunque los aeropuertos me estresan. Me encantan las frutas que no encuentro en mi ciudad, que es un desierto. Beber alcoholes en las terrazas que se adornan con las vistas del pueblo. Oír música que escucho en mi tierra, pero que en estos lugares suena diferente. Besar personas que no voy a volver a ver y amistarme con otras, siempre con la promesa de encontrarnos de nuevo.

Me encanta encontrarnos de nuevo. Amo
mi ciudad, pero sueño con vivir instantes en
Oaxaca o Madrid o Buenos Aires, largarme a
Bogotá o Ciudad de México y al final del viaje
terminar en Monterrey, para morir entre las
montañas que no me dan sombra. Si algún
día me preguntan cuál es mi parte favorita
de viajar, tendría que admitir: es la huida.

Sierra Madre

Soy montaña,
nací entre surcos.
Estoy a la vista de todos,
no me trepan,
tienen miedo.
Les cansa mucho
lo inestable.

Luz

Soy tan joven para vivir
de recuerdos.

Ni cartas ni fotografías

Creo que estoy maldito
–no encuentro otra respuesta–,
siempre pierdo las cartas
que me han escrito.
A veces pienso que
me las invento.
No tengo pruebas
de que me han amado.

Impermeable

Después de tanto llorar
ya no me moja la lluvia.

Ojos

Ya no es sueño
lo que me pesa
en los párpados.
Es el frío que me
hace acurrucar
lo que me está matando.

Chernobyl

Tengo muchos miedos,
mas no me aterra
el desamor romántico.

He visto ciudades
abandonadas,
deshumanizadas.
He visto edificios
ser conquistados
por bosques nuevos.

No necesito
ser habitado
para ser verde.

Flor blanca

Cuando muera
quiero que me entierren
entre los naranjos
de mi abuela.

Compañía

Estoy sentado aquí
en un jardín que no existe.
¿Puedes verlo?
Siéntate conmigo
hay lugar para todos
en este sitio que inventé
de recuerdos.

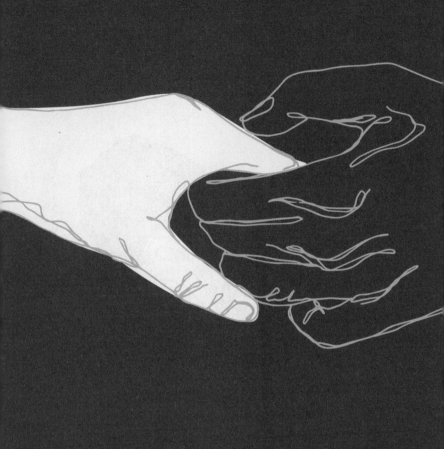

P.D.: Sé feliz.

Fue lindo

coincidir.

Agradecimientos

Siempre me he sentido agradecido por el apoyo y el acompañamiento de tantas personas en mi vida como escritor, pero nunca he dejado constancia escrita. Me parece preciso hacerlo ahora que ya hemos recorrido cierto camino y sigue quedando un tramo largo por andar.

Mi agradecimiento eterno a Luis Altamirano y Alexis Ayala, que siempre han sido el equipo de avanzada frente a mis textos incompletos. Los ojos que ven lo que yo no veo.

Mi cariño a Carlota Aparicio y Sarahí Padilla, que han sido compañía y columna en todas las presentaciones de cada uno de mis libros. Gracias a ellas por permitir que nos conozcamos en las firmas de libros.

Mis abrazos a Jocelyn Ovalle, por organizar nuestros clubs de lectura en tantas ciudades como pudimos. Gracias por crear las conversaciones que han llevado a sanar corazones.

Mis logros a Paola Gómez, por ser editora de Todo lo que fuimos y Anoche en las trincheras. Por mostrarme caminos que no creía posibles. Las comidas, los bailes, las palabras de ánimo, los consejos, por el brillo. Por tantas cosas.

Mi afecto a todo el equipo de Planeta, que se ha vuelto una familia. Viridiana, Myriam, Diego, María José, David, Mario, Paloma, Carmina, Claudia, René, Gabriel. Gracias a todos los involucrados en la publicación de mis libros.

A todos los *booktubers* que han formado parte de esta comunidad. Gracias por formar lectores y acompañarlos en su camino lector.

A mis amigos: Beto Cantú, Trisha Manriquez, Abril Andrade. Por darme historias. Los quiero.

A Raiza Revelles y Claudia Ramírez, por ser compañeras de libros en todos los frentes. Por los viajes de escritura, el apoyo y los consejos.

A los que me han leído desde el primer libro y a los que van llegando. No podría seguir cumpliendo mi sueño sin ustedes. Gracias por las lágrimas y las risas. Gracias por ver mis videos.

A mis abuelos, tíos y primos, por su eterno apoyo.

A mis padres y a mi hermano, por formarme como persona. Soy yo por ustedes.

A los amores. A todos.